ZU WEIN SAG ICH NIE NEIN

ars≡

HAPPINESS IS A GLASS OF WINE

Diese lustigen Sprüche rund um Wein, Prosecco und La Dolce Vita sollen vor und nach dem Aperitif für gute Laune sorgen. Und wenn das alles nicht hilft: Mach einfach den Wein auf. Zum Aufstellen, Umblättern und Sichfreuen!

ZU WEIN
SAG ICH
NIE NEIN.

ROTWEIN.
WEIL WIR FÜR
BÄRCHEN-
PFLASTER
LANGSAM ZU
ALT SIND.

HEUTE LEBE ICH.
MORGEN ARBEITE ICH,
VIELLEICHT.

MAN KANN NICHT
ALLES MACHEN.
MAN MUSS AUCH
MAL »WEIN«
SAGEN KÖNNEN.

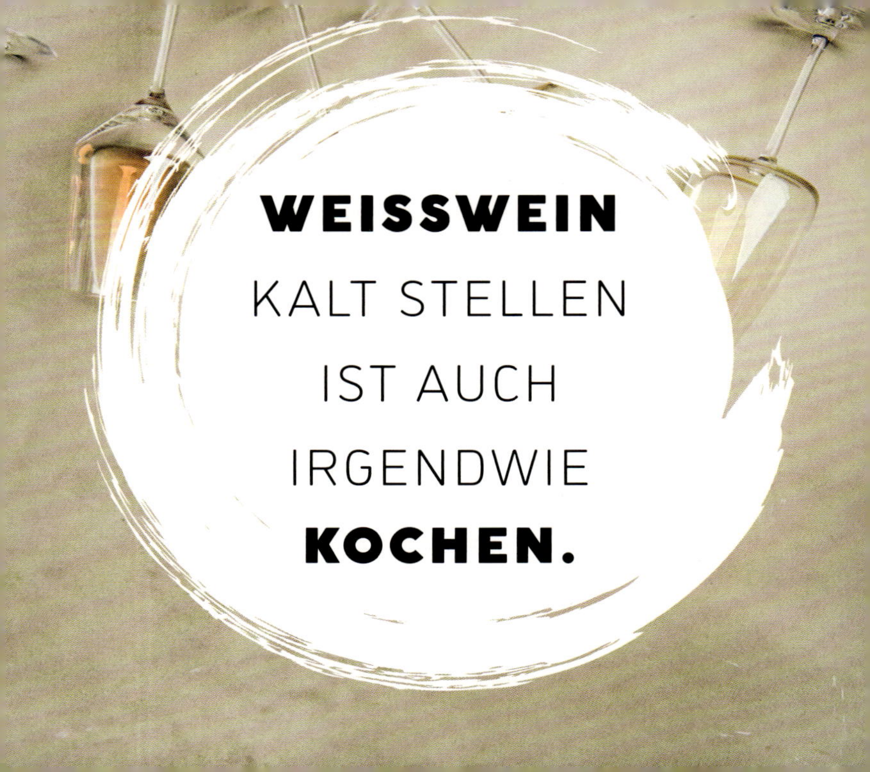
WEISSWEIN
KALT STELLEN
IST AUCH
IRGENDWIE
KOCHEN.

ICH SAG
IMMER:
IN DUBIO
PROSECCO.

ALLES
VOR DEM
ERSTEN
SCHLUCK
WEIN IST
NOTWEHR.

WORKING FROM NINE TO WINE.

WAS SIND
DIE FREUDEN
VON HEUTE
GEGEN DEN
KATER VON
MORGEN?

VENI, VIDI,
DOLCE VITA.

GANZ EGAL,
OB TROCKEN,
HALBTROCKEN,
LIEBLICH ODER SÜSS:
ICH LIEBE ALLE
WEINE!

EIN ESSEN
OHNE WEIN
NENNT MAN
ÜBRIGENS
FRÜHSTÜCK.

MIT LIEBE UND WEIN WIRD ALLES GUT.

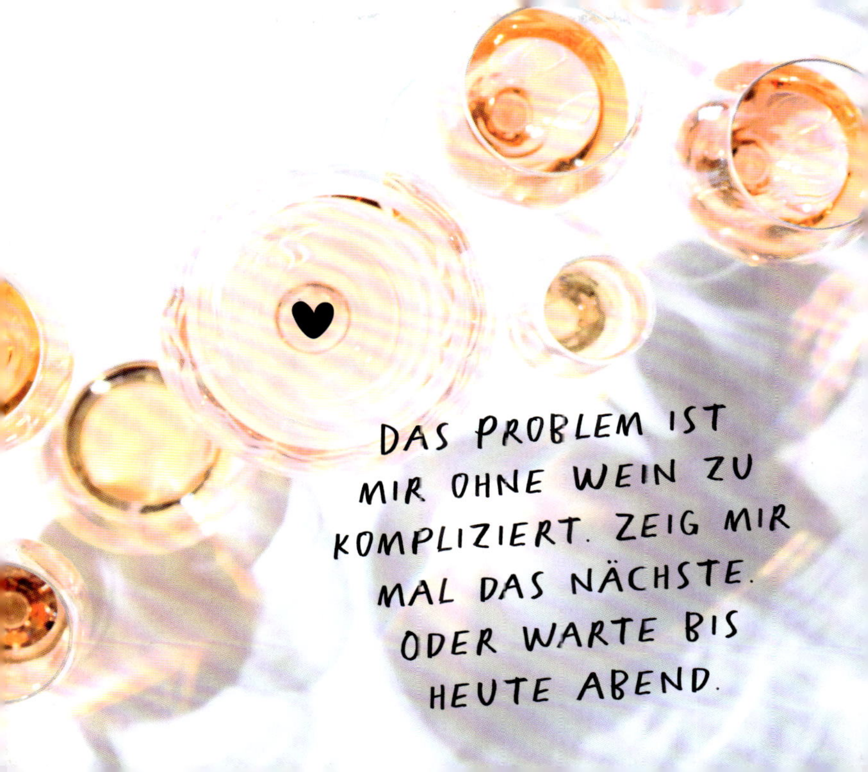

DAS PROBLEM IST
MIR OHNE WEIN ZU
KOMPLIZIERT. ZEIG MIR
MAL DAS NÄCHSTE.
ODER WARTE BIS
HEUTE ABEND.

EINE
FLASCHE
WEISSWEIN
UND EIN TAXI
ANS MEER,
BITTE.

MONTAG. DIENSTAG.
MITTWOCH. DONNERSTAG. WEIN.
SCHON WIEDER MONTAG.

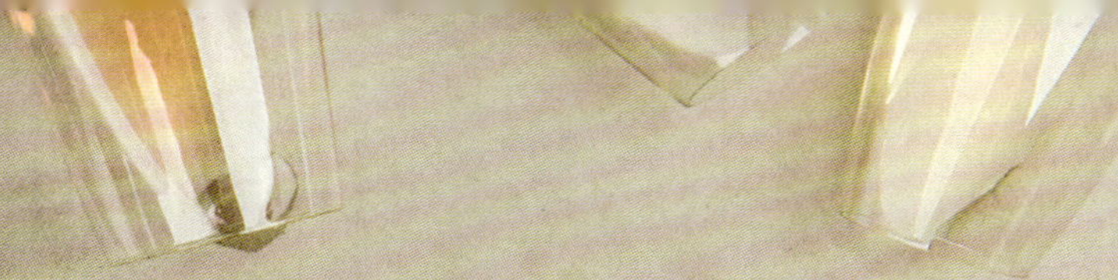

A FLÄSCHCHEN
PROSECCO A DAY
KEEPS YOUR
WORRIES AWAY.

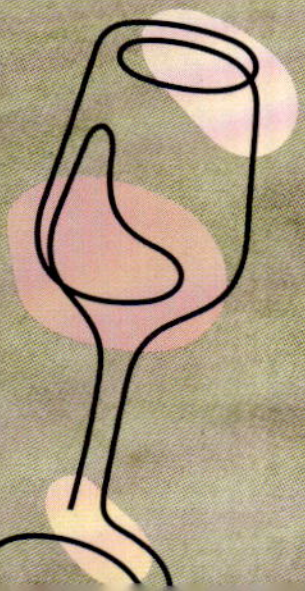

WEIN HILFT GEGEN ALLES.

AUCH GEGEN DOOFE MENSCHEN.
MAN MUSS DIE FLASCHE NUR
MIT GENUG SCHWUNG WERFEN.*

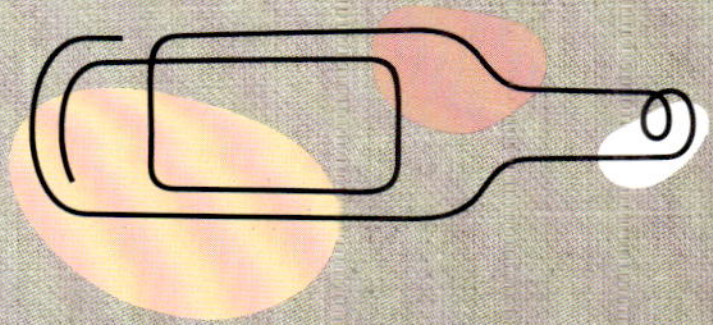

*[BITTE NICHT NACHMACHEN]

MERKE:
DAS WOCHENENDE
IST NICHT ZUM
ARBEITEN DA,
SONDERN ZUM
GENIESSEN.

GUTER WEIN
RIECHT IMMER
EIN BISSCHEN
NACH MAGIE.

ICH SAG IMMER:
TRINKEN
UND TRINKEN
LASSEN.

LIEBER
VERRÜCKT
DAS LEBEN
GENIESSEN, ALS
SICH NORMAL
LANGWEILEN.

WHAT WOULD GIN & TONIC DO?

MEINE SCHWIERIGSTE

ENTSCHEIDUNG HEUTE:

ROTWEIN ODER WEISSWEIN?

MACH DEN
PROSECCO AUF,
DAS LEBEN MUSS
GEFEIERT WERDEN!

MEINE
LIEBLINGSFARBE?
ROSÉ.

DAS LEBEN IST ZU KURZ,
UM DAS GLÜCKLICHSEIN
AUF **»IRGENDWANN«** ZU
VERSCHIEBEN. ALSO FANG
GLEICH HEUTE DAMIT AN!

WINE FLIES,
WHEN YOU ARE
HAVING FUN.

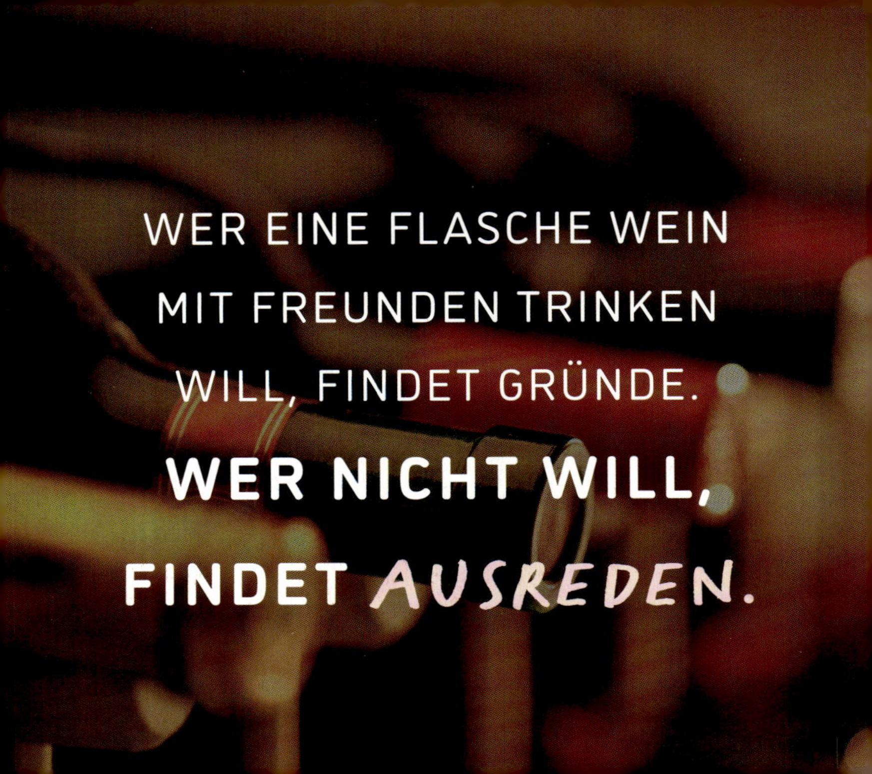
WER EINE FLASCHE WEIN
MIT FREUNDEN TRINKEN
WILL, FINDET GRÜNDE.
WER NICHT WILL,
FINDET AUSREDEN.

ES GEHT IM LEBEN
NICHT UM DIE TO-DOS,
SONDERN UM DIE
TA-DAAAAAAS!

EINATMEN.
AUSATMEN.
WEIN
AUFMACHEN.
GLÜCKLICH
SEIN.

EIN TAG
OHNE WEIN
IST EIN
VERLORENER
TAG.

IN GEDANKEN BIN
ICH JETZT MIT DIR IN
UNSERER **LIEBLINGS-
BAR** UND UNSERE BLICKE
KREUZEN SICH ÜBER EINEM
IRGENDWAS SPRITZ.

LEBE JEDEN MOMENT.
LACHE JEDEN TAG.
LIEBE UNERMESSLICH.
TRINKE IMMER NUR
DEN GUTEN WEIN.

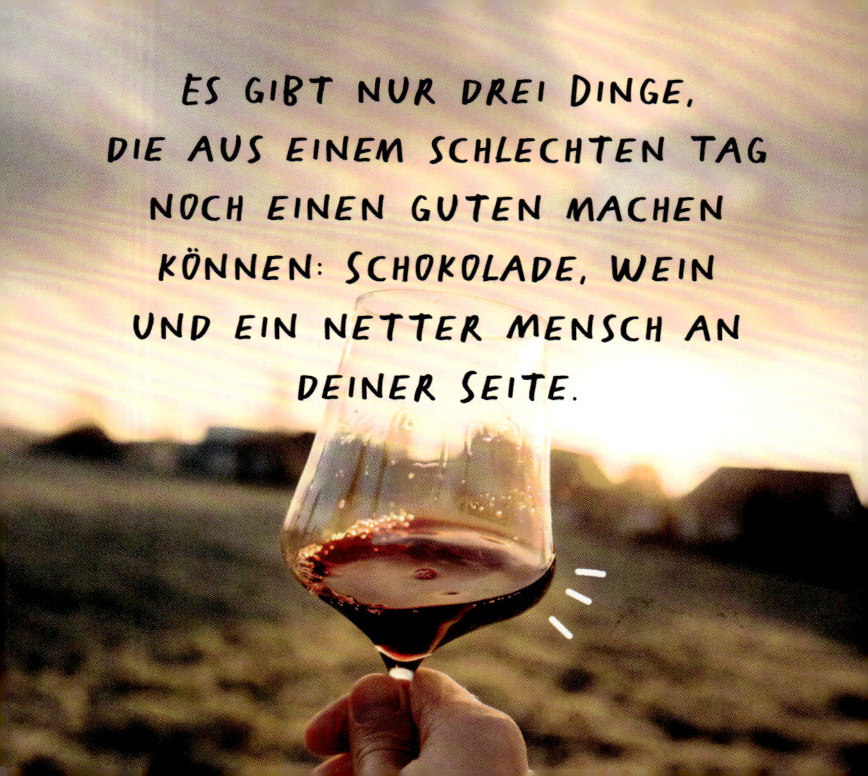

ES GIBT NUR DREI DINGE,
DIE AUS EINEM SCHLECHTEN TAG
NOCH EINEN GUTEN MACHEN
KÖNNEN: SCHOKOLADE, WEIN
UND EIN NETTER MENSCH AN
DEINER SEITE.

MONDAY:
NOTHING
PROSECCO
CAN'T FIX.

ICH SINNIERE NICHT.
ICH SOMMELIERE.

MANCHMAL
HILFT EIN
~~TÖRTCHEN~~
WEINCHEN
MEHR ALS
TAUSEND
WÖRTCHEN.

IT'S
ALWAYS
WINE
O'CLOCK!

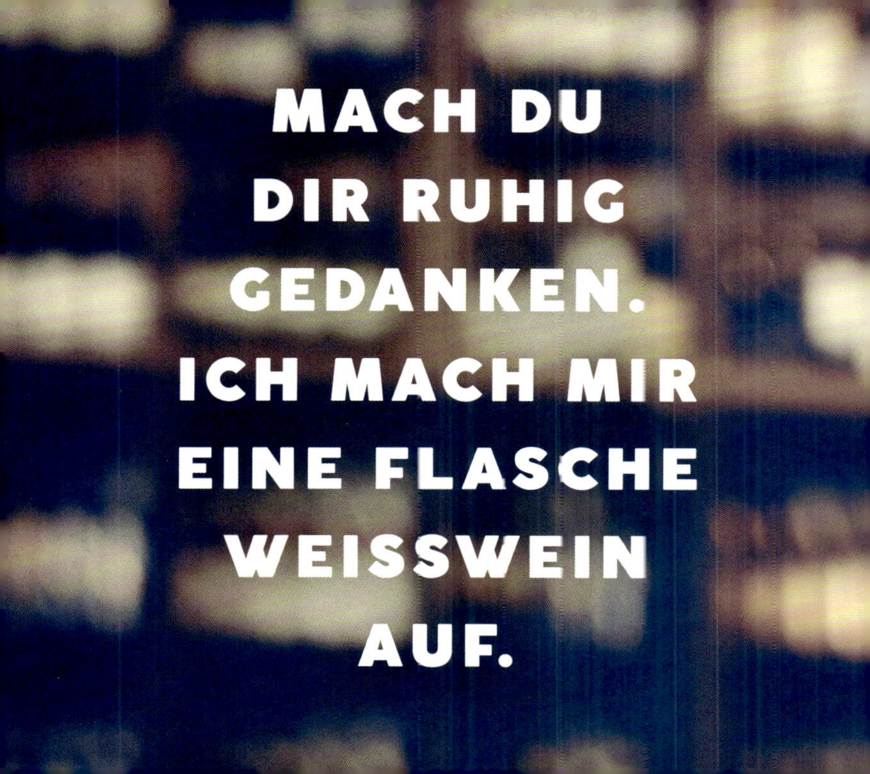
MACH DU
DIR RUHIG
GEDANKEN.
ICH MACH MIR
EINE FLASCHE
WEISSWEIN
AUF.

DU BIST DER
GIN ZU MEINEM
TONIC. DU BIST DER
KÄSE ZU MEINEM
ROTWEIN ...

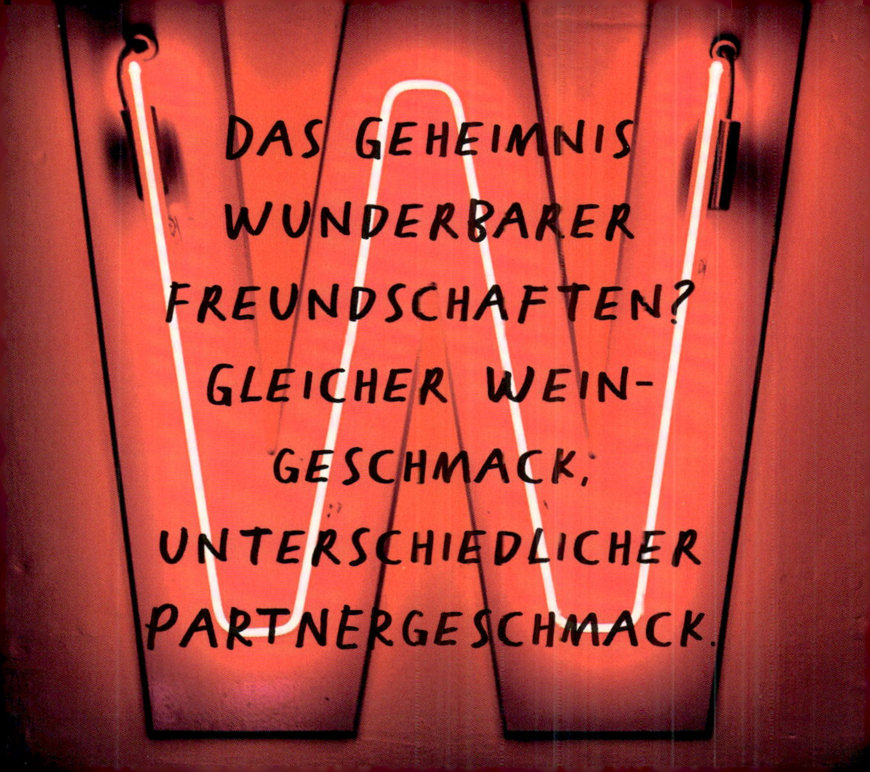
DAS GEHEIMNIS WUNDERBARER FREUNDSCHAFTEN? GLEICHER WEIN-GESCHMACK; UNTERSCHIEDLICHER PARTNERGESCHMACK.

ALLES
KANN
WARTEN,
NUR DAS
LEBEN
NICHT!

LIFE IS
SHORT.
BUY THE
GOOD
WINE.

VIELLEICHT
HILFT FLUCHEN.
VIELLEICHT
HILFT AUCH EIN
GLAS WEIN.

AUS DEM
WEG, KAFFEE!
DAS IST EIN JOB
FÜR WEIN.

YOU HAD
ME AT
MERLOT.

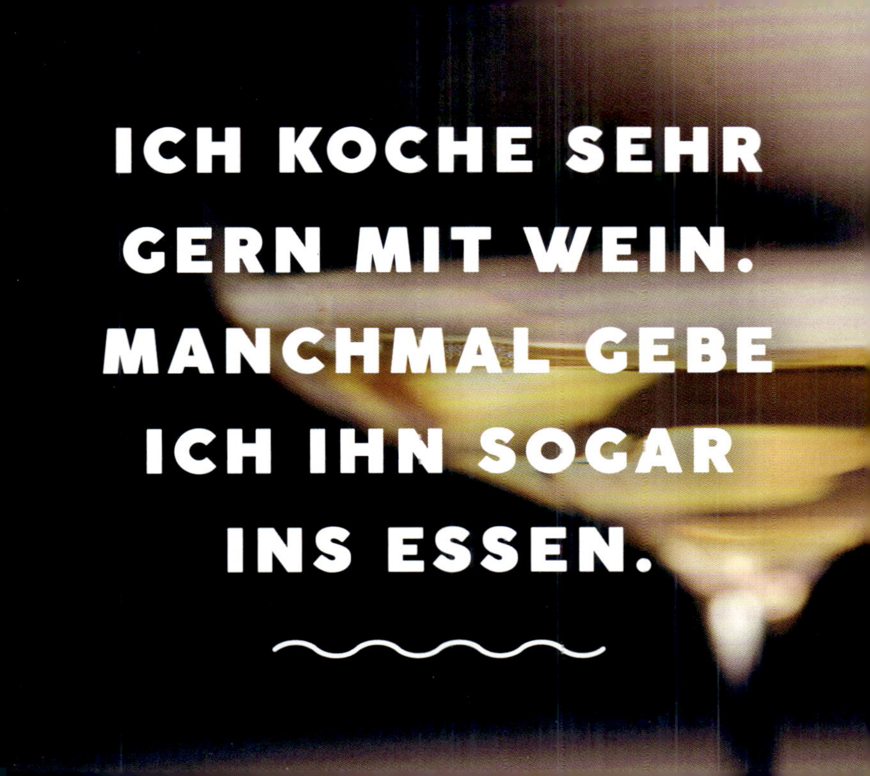
ICH KOCHE SEHR
GERN MIT WEIN.
MANCHMAL GEBE
ICH IHN SOGAR
INS ESSEN.

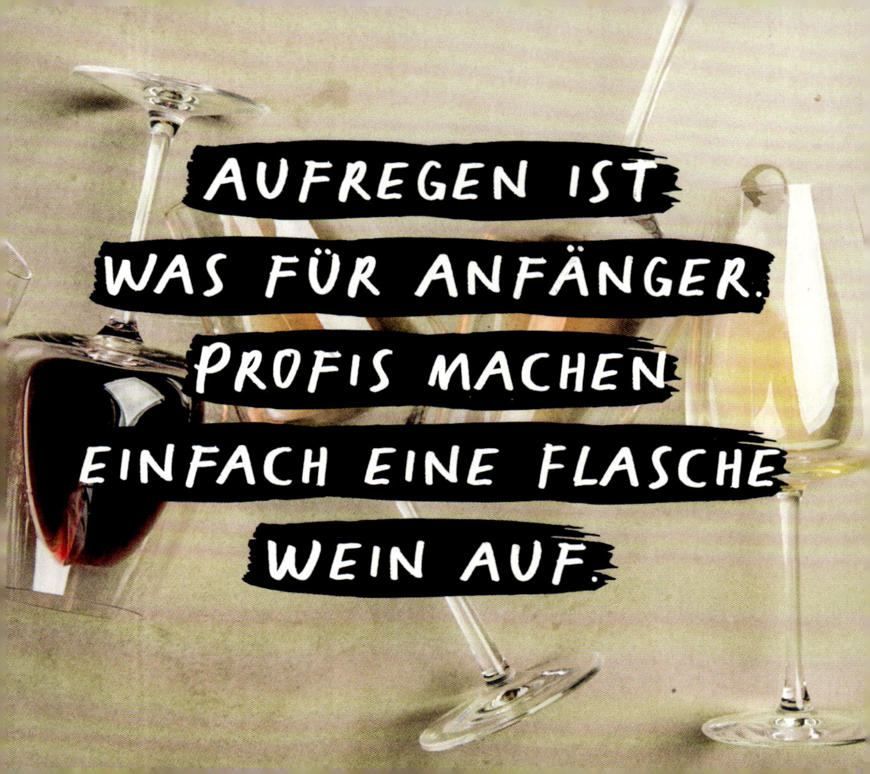
AUFREGEN IST
WAS FÜR ANFÄNGER.
PROFIS MACHEN
EINFACH EINE FLASCHE
WEIN AUF.

BITTE EINEN
PROSECCO-
VALIUM-LATTE
ZUM MITNEHMEN.

MANCHMAL
BADE ICH,
WEIL MAN
BEIM DUSCHEN
SO SCHLECHT
CHAMPAGNER
TRINKEN KANN.

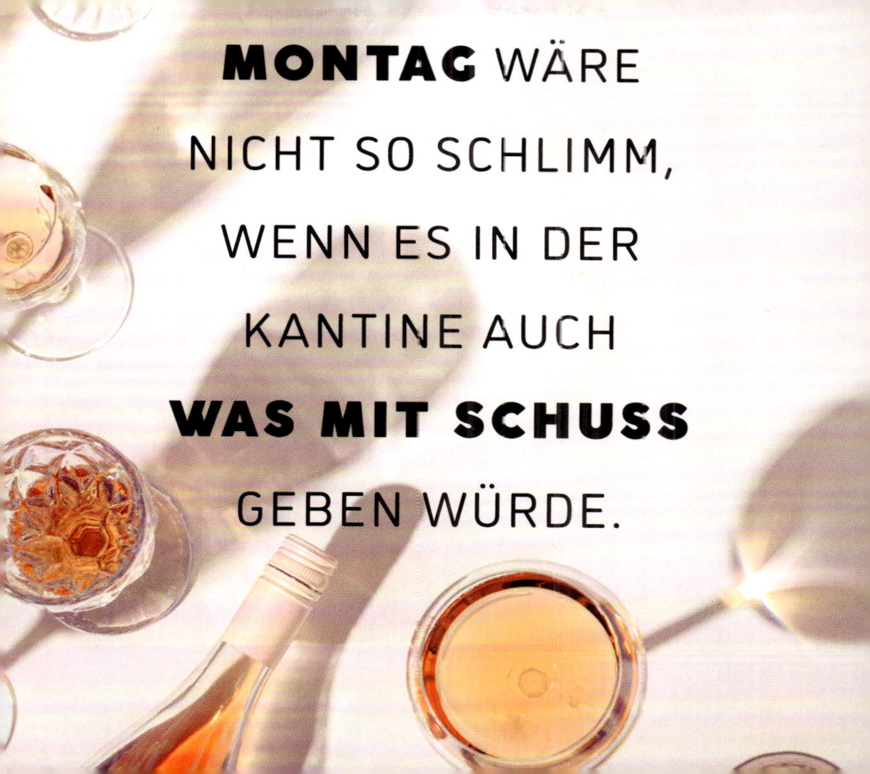

MONTAG WÄRE
NICHT SO SCHLIMM,
WENN ES IN DER
KANTINE AUCH
WAS MIT SCHUSS
GEBEN WÜRDE.

WO EIN
WILLE IST,
IST AUCH
EINE FLASCHE
WEIN.

WINE IS
BOTTLED
POETRY.
ROBERT LOUIS STEVENSON

IN JEDEM
SAMSTAGABEND
WOHNT EIN
ZAUBER INNE ...

MAN GEHT LEICHTFERTIG
AUF EIN GLÄSCHEN
WEIN MIT FREUNDEN
UND KOMMT LEICHT
FERTIG WIEDER HEIM.

MEIN LIEBSTER
BADEZUSATZ:
PROSECCO!

♥

ZWEI GROSSE PROBLEME IN MEINEM LEBEN:

1. KAFFEE WIRD KALT,
WENN MAN IHN STEHEN LÄSST.

2. WEISSWEIN LEIDER NICHT.

MANCHMAL
HILFT DIR YOGA
BEIM ENTSPANNEN.
MANCHMAL HILFT
DIR EIN GLAS WEIN.
MANCHMAL AUCH
BEIDES.

ES GIBT WEINE,
DIE MIT DEN JAHREN
BESSER WERDEN.
DANN GIBT ES JAHRE,
DIE NUR MIT WEIN
BESSER WERDEN.

SPORT GIBT DIR
DAS GEFÜHL,
BESSER
AUSZUSEHEN.
ROTWEIN
ÜBRIGENS
AUCH.

SAVE
WATER.
DRINK
CHAMPAGNE.

LIEBE KANN MAN
NICHT KAUFEN.
GLÜCK KANN MAN
NICHT KAUFEN.
ABER WEIN KANN
MAN KAUFEN!

ICH MACH MIR
EINEN COCKTAIL
UND EIN PAAR
SCHÖNE GEDANKEN.
MACHST DU MIT?

JEDE:R SOLLTE DIESE EINE **FREUNDIN** HABEN, DIE IM ENTSCHEIDENDEN MOMENT NACHSCHENKT.

LEERE
WEINGLÄSER
SIND VOLLER
SCHÖNER
GESCHICHTEN.

MEINE LAUNE
IST IM KELLER.
ICH HOFFE,
SIE BRINGT
WEIN MIT.

♥

SIMSALA GIN – PROBLEM GELÖST.

WAS REIMT SICH
AUF FREITAG?
ROTWEIN!

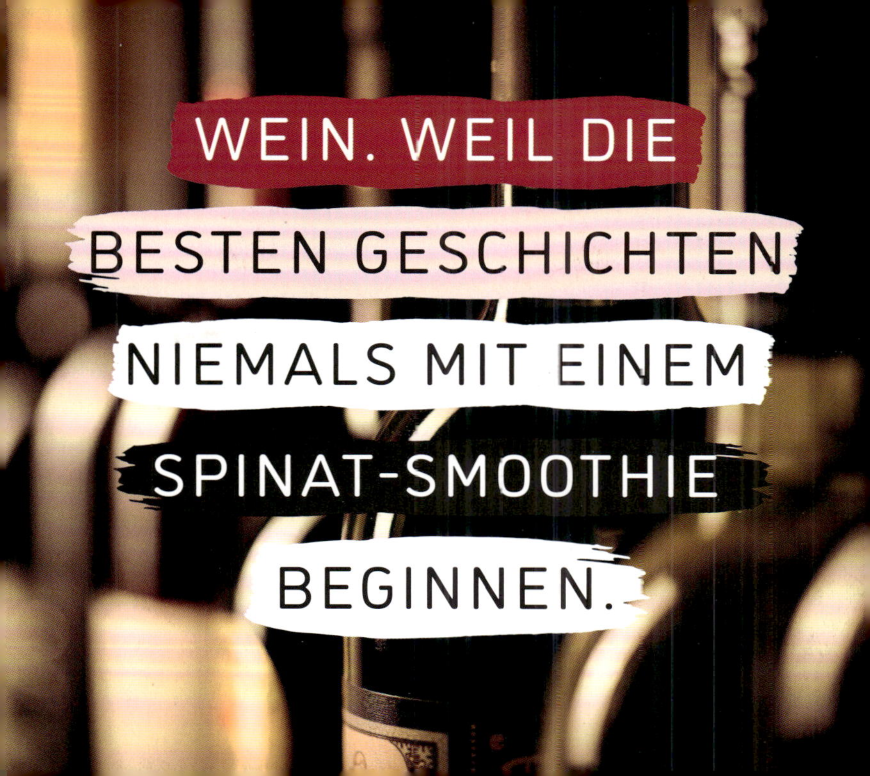
WEIN. WEIL DIE
BESTEN GESCHICHTEN
NIEMALS MIT EINEM
SPINAT-SMOOTHIE
BEGINNEN.

ICH BRING DIE PROBLEME MIT, DU DEN WEIN.

WER EINE
FLASCHE WEIN
AUFMACHT,
HAT MEHR
VOM LEBEN.

EINE BANANE HAT 100 KALORIEN. EIN GLAS PROSECCO HAT 80 KALORIEN. ALSO, ICH WEISS, WOFÜR ICH MICH ENTSCHEIDE.

EINSCHENKEN
IST AUCH
IRGENDWIE
SCHENKEN!

WEIN.
DAS IST AUCH
NUR TRAUBENSAFT
MIT DEUTLICH MEHR
LEBENSERFAHRUNG
UND REIFE.

WENN DER LETZTE STROHHALM, AN DEN MAN SICH KLAMMERT, IN EINEM PROSECCO STECKT, GEHT'S EIGENTLICH.

KOMM,
MACH ENDLICH
DEN WEIN AUF.
DAS HÄLT JA SONST
NIEMAND AUS.

WENN MAN DEN
KAFFEE MORGENS
DURCH WEIN
ERSETZT, GEHT'S
EIGENTLICH.

WINE
NOT?

MAN FINDET IMMER EINEN ANLASS, UM EINE FLASCHE PROSECCO AUFZUMACHEN. ZUM BEISPIEL IST DER BESITZ EINER FLASCHE

PROSECCO

EIN PASSENDER ANLASS.

WENN MIR
SCHON NIEMAND
DAS WASSER
REICHEN KANN,
DANN BITTE
WENIGSTENS
DEN WEIN.

EIN LEBEN
OHNE WEIN IST
MÖGLICH, ABER
WENN DU MICH
FRAGST, SINNLOS.

COFFEE
KEEPS ME GOING,
UNTIL IT'S TIME
FOR WINE.

OHNE WEIN, OHNE MICH.

UPS, JETZT HAB
ICH STATT MILCH
SCHON WIEDER EINE
FLASCHE PROSECCO
GEKAUFT.

BESSER FEIERN
UND SEKT TRINKEN,
ALS ABWARTEN UND
TEE TRINKEN.

DON'T LET
YESTERDAY TAKE
UP TOO MUCH
TODAY.

MANCHMAL KANN EIN GLAS WEIN DIE WELT VERÄNDERN. VIELLEICHT NICHT DIE GANZE WELT, **ABER DEINE WELT.**

WEIN REDET NICHT,
WEIN JAMMERT NICHT,
WEIN MACHT
EINFACH SEINEN JOB.
ICH MAG WEIN.

ES GIBT TAGE,
DA BIN ICH EINFACH
SEHR NAH AN DER
WEINFLASCHE
GEBAUT.

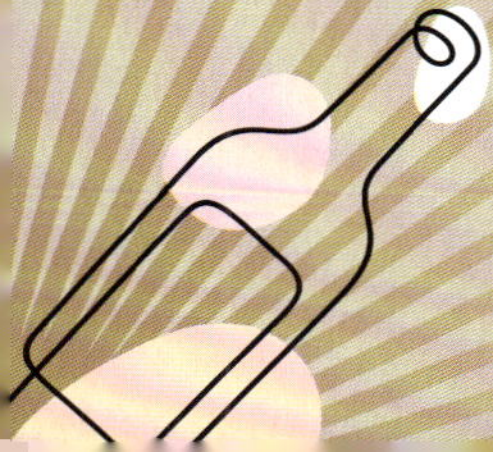

TANZE, LACHE,
TRINK MAL
DRÜBER NACH!

MAN BRAUCHT IM LEBEN
NICHT IMMER EINEN PLAN.

MANCHMAL BRAUCHT MAN
NUR EINE FLASCHE GUTEN
WEIN UND EINEN ABEND
MIT LIEBEN MENSCHEN.

ICH SCHMEISSE ALLES HIN UND MACH MIR ERST MAL DEN PROSECCO AUF.

DU SIEHST AUS,
ALS KÖNNTEST DU
NOCH EIN GLAS
VERTRAGEN.

SAFT IST VIELLEICHT GESUND. ABER WEIN SCHMECKT EINFACH BESSER.

»WAS FÜR EIN WEIN IST DAS?«

»MEINER.«

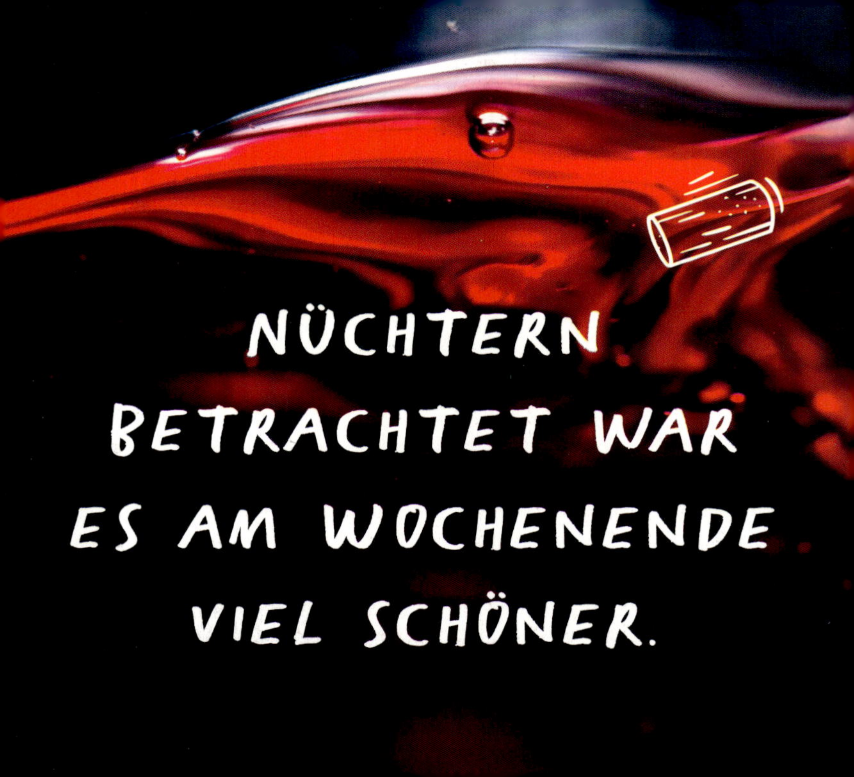
NÜCHTERN BETRACHTET WAR ES AM WOCHENENDE VIEL SCHÖNER.

WAS DU
HEUTE KANNST
ENTKORKEN …

FRIENDS
AND WINE
MAKE
EVERYTHING
BETTER.

SO MAG ICH MEINEN WEIN AM LIEBSTEN:
MIT DIR.
GANZ WEIT WEG.
MIT BLICK
AUFS MEER.

WEIN IST IN WASSER
AUFGELÖSTES
SONNENLICHT.
GALILEO GALILEI

WARUM
WASSER TRINKEN,
WENN MAN NOCH
EINEN **PROSECCO** IM
KÜHLSCHRANK HAT?

MEHR WEIN, BITTE.
ENDE DER GESCHICHTE.

Noch mehr Glücksmomente:

ISBN 978-3-8458-4755-9

ISBN 978-3-8458-4995-9

ISBN 978-3-8458-4756-6

Mehr Infos zu den Büchern finden Sie unter
www.arsedition.de
Newsletter abonnieren:
www.arsedition.de/newsletter

Geschenke mit Herz

arsEdition
... bringt Freude

Bildnachweis:
Coverfoto: Ievgenii Meyer / Shutterstock.com
Motive Innenteil: www.shutterstock.com: Africa Studio, Ievgenii Meyer, AlenKadr, Andriy Nekrasov, asife, barmalini, Christian Delbert, Cook Shoots Food, Dasha Petrenko, DenisMArt, Dragon Images, Dulin, Ekaterina_Molchanova, Elena Schweitzer, Evgeny Karandaev, evrymmnt, Foxys Forest Manufacture, haveseen, hxdbzxy, Olga Popova, Igor Normann, Katerina Morozova, Larina Marina, LARISA DUKA, l i g h t p o e t, Lijphoto, Marina Bakush, Marko Poplasen, Miew S, nadia_if, nuu_jeed, Oksana Mizina, Olga Gavrilova, Sergey Smolentsev, stockcreations, Stokkete, successo images, TnkImages, WichitS, Will Howe, YARUNIV Studio, YRABOTA
Unsplash: Celina Albertz, Corina Rainer, Elisha Terada, Hermes Rivera, Kevin Kelly, Klara Kulikova, Kym Ellis, Lefteris Kallergis, Maksym Kaharlytskyi, Marcel Gross, Road Trip with Raj, Sharon McCutcheon, Toa Heftiba
Vignetten und grafische Hintergründe www.Shutterstock.com:
Alexander Ryabintsev, artdee2554, baza178, kanvictory, Kogorash, Ografica, VicW, Wernerwitch

Gestaltung Cover: Grafisches Atelier, arsEdition GmbH
Innenlayout: Vanessa Weuffel

MIX
Papier aus verantwortungsvollen Quellen
FSC® C100711
FSC www.fsc.org

ISBN 978-3-8458-4991-1
www.arsedition.de